APOTHÉOSE

de

NAPOLÉON.

NISMES.

IMPRIMERIE BALLIVET ET FABRE,

1840.

APOTHÉOSE

de

NAPOLÉON.

NISMES.

IMPRIMERIE BALLIVET ET FABRE,

1840.

« On vit, dans les villes par où son corps a passé, les mêmes sentimens que l'on avait vus autrefois dans l'empire romain, lorsque les cendres de Germanicus furent portées de la Syrie au tombeau des Césars. »

(MASCARON.)

« Rien enfin ne manque dans tous ces honneurs que celui à qui on les rend. »

(BOSSUET.)

APOTHÉOSE

DE

NAPOLÉON.

I.

Sainte-Hélène ! Depuis que ta grève déserte
Reçut, noble victime à la vengeance offerte,
L'Homme que l'univers ne pouvait contenir,
Vers toi mon âme en deuil se sentit entraînée
Et sut, pieuse enfant, couronner la journée
    Par le culte du souvenir !

Et cependant chez toi pas d'aurores voilées,
Pas de gracieux bords, point de belles vallées,

Point de soupirs harmonieux !

Sur des volcans éteints de hideuses montagnes,

Sous le tropique ardent de stériles campagnes,

Un ciel dur, des vents orageux !

Mais là dort le lion dans son étroite cage,

Là, Bonaparte expie, horrible apprentissage !

Ses victoires et son grand nom (1) ;

Là, l'œil chargé de pleurs, d'un accent prophétique,

Il dit : « Vous la verrez cette terre classique,

Mais moi !... mourir dans l'abandon (2) ! »

II.

Et depuis qu'au coucher du soleil, du grand homme
Le canon de Longwood marqua le dernier somme,
   De la gloire dernier écho,
Et depuis qu'au penchant d'une côte profonde
Repose le soldat qui fit trembler le monde,
   Dans son manteau de Marengo (3);

Cette pierre sans nom qui couvre sa dépouille
D'un outrageux oubli sait effacer la rouille
   Mieux qu'un cénotaphe orgueilleux,
Et ces saules pleureurs, répandant leur ombrage
Sur l'obscur filet d'eau, forment un paysage
   Cher à nos cœurs, cher à nos yeux.

Mais la haine des rois n'a-t-elle pas de terme ?
Les os de Phocion qu'un peu de terre enferme,
France ! ne te sont-ils pas dus !
Ou bien depuis vingt ans (vingt ans de servitude !)
N'as-tu pas demandé dans ton ingratitude,
Dis-moi, qu'ils te fussent rendus ?...

III.

Oui, vingt ans ont passé sur cette froide pierre ;
Et depuis ces vingt ans la France, noble mère,
    Appelait ces restes sacrés.
Elle voit luire enfin le jour de la justice,
Un triomphe tardif succède au sacrifice,
    Et les autels sont préparés!

Bonaparte, songeant à son apothéose :
« Près la Seine, dit-il, que ma cendre repose
    Au milieu de tous mes enfans (4)!
Trop longtemps oublié, ce vœu s'est fait entendre :
Captive trop longtemps, dans Paris cette cendre
    Entre, pleine d'enseignemens...

Le peuple accourt pour voir la fête expiatoire ;
L'Océan venge, fier d'un fardeau plein de gloire,
   L'outrage du *Bellérophon* ;
De la religion les augustes mystères,
A Vauban, à Turenne, en sacrés caractères,
   Vont réunir Napoléon.

IV.

Celui qu'en sa reconnáissance
La France va déifier
Est celui que la Providence
Choisit pour la glorifier ;
C'est à la fois le capitaine
Qui fit la France souveraine,
Ceignant la gloire pour bandeau ;
Le consul, le chef de l'empire,
Qu'on pouvait haïr... qu'on admire,
Et le vaincu de Waterloo.

Mais ce culte de la patrie
Pour l'homme qui fut son bras droit,

Ce n'est pas de l'idolâtrie :
Elle acquitte ce qu'elle doit ;
Victime de son despotisme,
Elle a subi le fatalisme
Qui l'ensanglantait comme un frein ;
Plus d'une fois, malgré la gloire,
Elle maudissait la victoire
Qui l'enchaînait à son destin.

Laissons à l'histoire inflexible
Des reproches trop mérités ;
Que notre cœur ne soit sensible
Qu'à ses grandes calamités.
Sa mort doit désarmer la haine ;
Napoléon à Sainte-Hélène !
Quel sujet digne de nos pleurs !
Donnons à sa cendre apaisée
Ce qu'à Thémistocle et Thésée
Donnèrent jadis leurs vengeurs.

V.

O sainte émotion!... la foule agenouillée
Devant la bière, hélas ! de pleurs toute mouillée
    N'attendait que des ossemens :
Le couvercle est levé, le voile se découvre...
Et le grand empereur, grand dans son dernier Louvre,
    Paraît avec ses vêtemens !

C'est lui ! voilà ce front tout noirci par la poudre ;
C'est lui ! voilà la main qui vainquit tant de fois ;
C'est lui ! voilà cet œil qui brilla dans la foudre
Et voilà ces genoux qu'ont baisé tant de rois !

Plongeant dans l'avenir , le cœur plein d'espérance ,
Savait-il en mourant que la patrie en deuil
Viendrait précisément soulever le linceuil
    De la fortune de la France?

Et la mort , oui la mort qui nous le rend entier ,
Vient-elle nous donner un avis salutaire?
Ne nous dit-elle pas : « Cette même Angleterre ,
» Qui fit traîtreusement le géant prisonnier ,
» Trahit aussi la foi jurée et vous outrage...
» Mais ne craignez-vous point que cette auguste image
» De l'homme qui jamais ne subit un affront ,
» Que le spectre irrité du guerrier magnanime
» Dont le malheur ne fit jamais pâlir le front
» Ne viennent tout vivans vous montrer cet abîme
» Où , fils dégénéré de l'illustre martyr ,
» L'honneur de la patrie est prêt à s'engloutir?...
» Cessez donc , ô Français , toute guerre intestine ,
« Entendez, entendez le cri de Waterloo ;
» Calme et fière au-dehors que la France domine ,
» Ou ramenez mon hôte en son premier tombeau. »

Bauquier.

Notes.

(1) « Je dois expier sur cet écueil la gloire dont j'ai couvert la France, les coups que j'ai portés à l'Angleterre. »

(Paroles de Napoléon à Antommarchi.)

(2) Un jour aussi, parlant de la France, il dit : « Vous la reverrez, mes chers amis, cette France ; mais moi !.... »

(Emmanuel de Las Cases.)

(3) Sur la côte d'une vallée inculte, de plus de mille pieds de profondeur, sous quelques saules pleureurs, fort petits, qui ombragent un léger filet d'eau douce, au milieu d'eux on creuse la tombe du défunt ; il y est descendu enveloppé de son manteau de Marengo.

(Emmanuel de Las Cases.)

(4) « Je désire que mes cendres reposent sur les bords de la Seine au milieu du peuple français que j'ai tant aimé. »

(Codicille du testament de Napoléon.)

9 782019 193508